Le Kansas et l'Arkansas

© 2021 Ph. Aubert de Molay/Hispaniola Littératures

Édition : BoD - Books on Demand,
12/14 rond-point des Champs-Élysées, 75008 Paris
Impression : BoD - Books on Demand, Norderstedt, Allemagne

Chargée d'édition HL : Rose Evans

Collection 1 nouvelle

Illustrations de couverture : Lucas Aubert

ISBN : 978-2-3222-5115-5
Dépôt légal : Mai 2021

Le Kansas et l'Arkansas

nouvelle

Philippe Aubert de Molay

HISPANIOLA LITTERATURES

Collection 1 nouvelle

*Ce que je peux faire je le ferai, même
si c'est aussi petit qu'une jonquille.*
Emily Dickinson

Le Kansas et l'Arkansas

La vie nous demande d'être forts et elle combat avec la dernière violence notre personne. Nous affaiblir, voilà son long travail. Le cours d'une vie, c'est la succession des malheurs. Vivre des choses physiques, c'est ce qu'il estime avoir de mieux à faire. Car c'est là que le peu de vrai de l'existence peut s'exprimer. Selon lui, on ne trouve satisfaction et plénitude ni dans l'esprit ni dans l'intelligence. Mais plus sûrement dans la course à pied, la boxe, un baiser donné et reçu, un coup de reins, une journée glaciale de ski, la petite chaleur fugace de la pluie de juin sur le visage, ce genre de choses. Tous les êtres vivant sur cette terre vous le diront : il n'y a rien de meilleur et de plus pleinement spirituel pour l'âme que d'avoir, dans la fournaise d'été, les pieds dans l'eau d'une rivière.

Quand on aime être amoureux, on est perdu. Il se disait. Mieux vaut se mettre hors de portée. Les journées seront plus calmes, les nuits aussi, les étés paisibles, les hivers si silencieux. Passer du temps à la fenêtre, se dire que ce n'est la faute de personne et courir une heure tous les jours, quel bon programme. Se contenter de soi. Voilà. Eviter les risques de surchauffe sentimentale. Renoncer.

La vie est une sorte d'opéra pénible, interminable, sans surprise. Décors désuets, refrains déjà entendus, intrigue et dénouement classiques. Tout ça est terriblement académique. Pour un peu, on pourrait finir par penser qu'avec la mort commence la liberté. Qu'on doit s'en aller aussi loin que possible. Mourir, donc. C'est pas drôle du tout.

Dans les mauvais jours, il pense comme ça.

Par le fait, il était en train de s'occuper de son propre corps, content de son physique de sportif, se satisfaisant de son âme de solitaire, lorsqu'elle est apparue dans sa vie. D'un coup. C'était au centre commercial. Pour l'association d'insertion par le jardinage et le travail des espaces verts, dont elle est une employée, elle devait acheter une débroussailleuse performante. Il l'a vue. Elle, comme une sorte de petite divinité, un résumé de la beauté, une apparition sous les néons. Et, alentour, des gens n'ayant pas l'air humain, faisant songer à des épouvantails, immobiles, dépenaillés et tenant debout par miracle, les mêmes préoccupations dans la tête. Faire des courses, errer dans les rayons des hypermarchés, aller au spectacle tous les vendredi soir puis au restaurant en sortant, pousser la porte d'une agence de voyage, changer de voiture, choisir deux kilos d'abricots en promo, déménager, peut-être retrouver des vieux amis après vingt ans de silence, s'inscrire dans un club de fitness, aller à un rendez-vous avec son conseiller bancaire, projeter d'acquérir un canapé quatre places cuir pleine fleur couleur crème ou taupe (livraison 10 jours, N°1 de la vente en ligne de mobilier, paiement 100% sécurisé, 94% de clients satisfaits, service client 6j/7, satisfait ou remboursé, livraison chez vous), choisir une coque de smartphone, prendre un amant ou une maitresse, acheter sur internet, aller à Paris, patienter au téléphone, acheter de nouveau sur internet, rouler en écoutant sa musique préférée, payer encore un P.V, oublier un anniversaire, changer d'ordinateur et, ce coup-ci, peut-être opter pour une tablette, enterrer un ami, s'ennuyer au bord de la piscine. Se dire que pour le peu qu'on a, c'est bien la peine de tant désirer.

Alors il s'est approché d'elle et s'est mis à lui donner des informations sur cette débroussailleuse professionnelle alliant puissance, fiabilité et ergonomie. Excellent rapport poids/puissance. Grande autonomie. Equipé d'un moteur X-Torq® offrant un couple élevé sur une large plage de régimes et qui se distingue par une consommation de carburant réduite jusqu'à 21% et une réduction d'émissions de substances nocives allant jusqu'à 75% selon la saison et la vrombitude végéto-portante. Longueur du tube optimale et renvoi d'angle de 35°. Guidon asymétrique déporté de 7° surélevé pour plus de maniabilité. Confort d'utilisation grâce au système anti-vibration LowVib® ultra efficace et à l'astucieux réservoir à carburant situé à l'avant pour un meilleur équilibre de la machine. Oui oui du beau et bon matériel.

Il sentait bien que cette femme lui plaisait. Côté débroussailleuse, facilité d'utilisation grâce au démarrage commode Smart Start® et au bouton Stop à retour pluri-automatique. Elle a écouté, on voyait que ça la passionnait mais très provisoirement. Elle a acheté le modèle qu'il préconisait, celui doté de nombreux équipements pratiques et de confort : guidon avec dégagement pour un fauchage optimal, procédure de démarrage simplifiée, poignée soft grip et angle de transmission surdéveloppé. Une débroussailleuse équipée du moteur 2 temps à balayage stratifié, garantie d'excellents résultats et de longévité.

Une
Débroussailleuse.

Lorsqu'ils apprennent à se connaître, elle lui fait visiter la friche derrière la zone commerciale, une immense friche accessible depuis l'arrière de la station-service fermée. Au début, il y a des odeurs de fioul mais ensuite non. On sent bientôt les fougères, les champignons, l'herbe finissante de septembre, les pommes en train de se défaire au sol. Elle aime ce territoire désert, mangé par les épis déchiquetés de l'automne. Elle aime les sombres îlots d'arbres, les carcasses d'autos rouillées, les pylônes tordus et sans électricité, les vestiges de cabanes de pêcheurs en bord de rivière. Elle et lui sont d'accord sur l'importance des actions physiques. Faire des choses avec son corps.

Des heures, arpenter la friche sans déranger les animaux (canards, autours, hérons, autres oiseaux de toute sorte, lièvres, ragondins, lézards, renard – un seul renard probablement – faisans, rongeurs, hérissons, quelques chats perdus), nager dans cette fraîche rivière sans nom, ramasser des branches pour allumer un feu sur lequel on grillera des légumes et on dorera des galettes de céréales maison, identifier les étoiles visibles à l'œil nu (Almach d'Andromède et l'étoile Polaire dans la Petite Ourse, c'est facile), faire l'amour plutôt brutalement (elle, le dos appuyé au tronc doux d'un grand platane, lui la serrant contre l'arbre, comme s'ils étaient trois) et dormir dans un antique cabanon de bois blanchi par les pluies, juché dans un poirier géant au tronc comme une peau de gros animal (un éléphant ou un dinosaure peut-être).

Le lendemain, faire la chasse la plus impitoyable aux sacs plastique, boîtes de bière et emballages carton pas si biodégradables que ça (il faudrait de longues années) du fastfood voisin. Une nuit, ils se sont endormis tard, après une belle séance d'astronomie et ils ont entendu, au-delà de la friche, la rumeur du périphérique, tous ces moteurs figurant le rugissement d'une créature monstrueuse tandis que les lueurs des lampadaires, des phares, des enseignes lumineuses de cent grandes surfaces produisaient un halo pulsant, orangé et maléfique.

Quand même la nuit a bien du mal à être la nuit.

Elle a dit alors : si on décidait de ne jamais retourner là-bas ? Si on allait voir plus loin ? Pragmatique, il a répondu : oui mais allons d'abord chercher des affaires. Ce sera notre dernier passage dans cette ville de mort. Et nous viendrons explorer la friche. Aucune idée de où ni de comment elle se termine. C'est grand, on dirait. Et beau.

Durant des années, ils ont marché. S'enfonçant dans la friche, s'éloignant des zones commerciales, des parkings, des concessions automobiles et des show-rooms de démonstration de débroussailleuses nouvelle génération à motorisation verte proclimat.

La friche était d'une telle étendue qu'ils ont vieilli, parcourant de jour en jour, de saison en saison, des vastitudes. Forêts, savanes, petits fleuves sinueux suivis jusqu'à des marais peuplés de flamands roses, jungles parfumées d'orchidées géantes, platitudes de sel brillant, prairies emplies d'animaux nouveaux aux noms inconnus, lacs jusqu'à l'horizon, plages de galets gris, de sable rose ou de cendres volcaniques. La friche était mille fois plus spacieuse que la Sibérie, la Patagonie, les grandes plaines dominées par le Kilimandjaro ou les solitudes du Kansas et de l'Arkansas. Parfois, à peine éloignés l'un de l'autre d'un jet de pierre, ils ont cheminé durant des semaines, trouvant leur nourriture pas à pas. D'autre fois, ils se sont établis pour un mois ou deux auprès d'une source, dans la paix odorante d'un bois d'eucalyptus.

Un jour, ils sont tombés sur un bus renversé. Un gros. Un soixante-huit places. Avec du nettoyage et des aménagements (redresser des sièges, trouver lit et table, arranger un coin feu), le véhicule s'est transformé en habitat confortable. Une harde de daims passait souvent dans le coin. Les observer a nécessité une bonne année. Puis un midi, suivant la migration des gnous, ils sont repartis, rendant le bus aux hiboux et à aux renards. Une fois, elle a dit :
— Nous sommes Adam et Eve.

Nomadiser

    Vagabonder

        Visiter

           Traverser

              Bouger

Plus tard, tandis que le voyage se poursuivait en redescendant une éprouvante chaîne de montagne (attention aux éboulis et aux précipices) et que s'annonçaient des vallées hospitalières, croisant des chamois méfiants, le yéti et des ours nains faisant songer aux petits ramoneurs savoyards, ils se sont rendus compte que – tout en tenant beaucoup l'un à l'autre – ils s'aimaient moins. Le deviner, le constater, le savoir a été un peu douloureux mais pas insurmontable. Le sexe était devenu une obligation.

Devoir accepter que le sentiment meurt est la sagesse, se sont-ils dit. La solution aurait été de rebrousser chemin pour retourner vers les centres commerciaux, les chaînes de pizzerias, les appartements loués et le travail à trente-cinq heures par semaine. Là, ils auraient pu trouver des gens et reformer rapidement un autre couple, s'inscrire à un club de yoga. Mais pour revoir places et rues, bureaux et superettes, amis et collègues, chambres d'hôtel à 49,99€ en périphérie urbaine, bars, restaurants chinois et boutiques de téléphonie, il aurait fallu des années de marche en sens inverse afin de rallier la vie d'autrefois. Remonter le courant, rebrousser chemin. Toutes ces forêts à retraverser, ces rivières furieuses à franchir, ces bivouacs avec pas grand-chose pour le souper, ces haltes durant l'hiver dans des abris de fortune. Au moins vingt-cinq ans, au bas mot, plutôt trente si ça se trouve. Non, il ne vaut mieux pas, elle a déclaré mi-déçue mi-rassurée. Je préfère la friche, il a dit. Il n'y avait qu'à continuer comme ça. Alors tout naturellement ils continuèrent, le nez au vent.

D'année en année, devenant des vieilles personnes, sentant faiblir l'énergie, ils ont baptisé les contrées traversées, s'amusant à nommer ces territoires vierges de toute humanité, les répertoriant dans un petit carnet de cuir rouge. Nevada, Péloponnèse, Franche-Comté, Asturies, Jamaïque, Tibet, Monténégro, Géorgie, Soudan du sud, Macédoine, Sierra Leone, Laponie, Sri Lanka, royaume de

Siam, sous-préfecture de Dole, Oulan-Bator, Costa Rica, Poldévie, ville de Nîmes, Tasmanie, Roumanie orientale, Galilée, Texas, Toscane, Kiev, Kyoto, Evian, Aix-les-Bains, ville de Lyon, royaume d'Araucanie-Patagonie, Kabylie, Mexicali, le Rohan, Macao (la liste est décidément bien longue mais tous ces lieux existent dans la friche), Varsovie, Zoulouland, la lune forestière, Vladivostok, Gotham City, Alexandria, Parkland et Markland, Cotonou, Calexico, l'Enfer de Dante, montagnes des Stundt, Zanzibar, l'Eldorado, Lomé, le monastère, la niche du chien, le bocal du poisson rouge, le terrier du lapin, Noeland, l'Atlantide, Westeros, Poudlard, la terre du milieu, Syldavie, le grenier merveilleux, Bad Lands, la forêt de Chaux, l'île Jackson, place Clichy, lac Baïkal, la boulangerie du coin, la grande muraille de Chine.

Voilà : liste complète. Une fois, ils sont arrivés devant un immeuble d'une prodigieuse hauteur. On aurait juré un échafaudage vers les nuages.

La
       Tour

              De

                      Babel

L'ascenseur était naturellement en panne alors ils ont emprunté courageusement l'escalier.

Il y avait quatre-vingt-huit étages. Et de nombreux centres commerciaux avec des millions d'objets inutiles. Au sommet, sur la plate-forme d'où s'élançait une antenne de télé décapitée, on apercevait la friche à perte de vue. Un vol d'étourneaux enchantait le ciel. Là-bas vers l'ouest, une illimitée étendue d'eau semblait parcourue par des dauphins et des baleines. Ils sont restés là-haut quelques jours, prenant le temps de regarder le monde. De le connaître et reconnaître. On aurait dit que se lavait ce qui était souillé, que se colorait ce qui était invisible, que renaissait ce qui avait dû mourir. La friche jusqu'à l'horizon. Enorme récolte de nourriture dans les boutiques en redescendant. Même des gâteaux secs à la noix de coco, leurs préférés. Et des jus de fruits miel-goyave. Les sacs à dos tendus à craquer. Bonne récolte. Puis repartir.

C'était au début de l'hiver, probablement fin novembre début décembre. Lors d'une halte dans une gare routière délabrée. Carreaux cassés, lumière grise et appel mélancolique d'un rapace dans les altitudes. Quelques provisions furent découvertes dans une ambulance aux pneus crevés et à l'allure de cage de fer. Dans ce paysage endormi semblable à l'Alaska, partout des plaques de neige miroitaient au soleil. Le ciel du couchant s'enrougissait, la petite pluie glacée semblait comme allumée. Elle venait de faire un feu. On dînerait de pain grillé, de tomates en boîte et d'une soupe de pois cassés. Café sucré aussi. De quoi tenir dans le soir froid.

Il s'est laissé glisser le long de la devanture déglinguée d'un kiosque ayant vendu autrefois de la petite restauration, du tabac, la presse et des titres de transport. Découvrez le résultat du tirage Loto® et consultez le rapport des gains sur le site officiel FDJ®. Loto® c'est 3 tirages par semaine à 225 millions d'euros Il était pâle et visiblement épuisé. Mais satisfait. Comme rassuré. Content d'être venu.

Il a dit :
— Tu te rappelles mes mains sur toi ?

Puis il est mort en souriant.

Elle a parlé tout haut pendant des heures, expliquant en détail aux ronciers et aux pins sylvestres, aux corbeaux compréhensifs et à la turbulente colonie de souris locale qu'elle allait continuer. Juste deux ou trois heures par jour, pas plus, par petites étapes.

Continuer

Pour

Exister

Oui continuer à exister encore un peu même sans raison juste *continuer* c'est une posture non ?

Comme une autre.

Ensuite, quand le froid deviendrait trop mordant, elle hivernerait dans un abri quelconque. Une bergerie des Pyrénées avec de la bonne paille moelleuse et des grosses couvertures en tissage artisanal, une chapelle scandinave en bois clair bien propre et chauffée. Ou un pavillon de banlieue disposant d'une porte isolante et de fenêtres pouvant empêcher le vent noir, d'une cheminée avec sa réserve de bois, d'un lit douillet, de bougies, de livres de poche, de vieux magazines féminins et d'une grosse pile de bandes dessinées. Elle entendrait hurler les loups dans le bois voisin, ils rongeraient des nuits entières la carcasse d'un porc, ils rôderaient. La lune serait énorme et belle.

Après au printemps (car le printemps revient toujours), survolée par des oies sauvages bruyantes, elle repartirait, traçant la route dans cette grande friche, se nourrissant de baies et de fruits, d'œufs de perdrix et d'antiques boîtes de sardines récupérées dans des remises de chasse ou au sommet d'une tour de surveillance des feux de forêt. Continuer. Marcher. Aller voir ailleurs. Reprendre son souffle dans un abribus à demi effondré. Petite vagabonde fatiguée. Sans lui mais quand même avec lui d'une certaine façon. Elle n'oublierait pas de le saluer dans la timide averse matinale bruinant la campagne ou dans le bleu ésotérique des constellations. La Couronne australe, le Grand Chien, l'Oiseau de Paradis, la Louve endormie, le Dragon, la Petite Ourse, toute cette magie au-dessus de la tête.

Marcher tu comprends à allure modeste, maintenant. C'est que cette friche est un peu grande.

Libérée. Attentive au monde. Capable de voir. Plus besoin du tout d'une débroussailleuse.

Croiser un matin un considérable troupeau d'antilopes bubales rouges *(Alcephalus buselaphus)*, au moins trois mille animaux au bas mot. Quatre mille ? Sur les pistes à l'asphalte craquelé et mangées d'herbes d'un aéroport délaissé depuis des siècles, prendre garde à un clan de tigres à dents de sabre *(Smilodon fatalis)* prélevant son tribut de viande et festoyant dans des feulements belliqueux. Toutes ces bêtes partout. Une autre fois, sentir l'inouï parfum de chocolat de cette grande fleur rare poussant dans le désert rocailleux, s'en émerveiller. Goûter une source d'eau verte. Croiser un nuage de perroquets. Saluer des girafes hautes comme la grande échelle des pompiers. Continuer. Marcher. S'emporter loin, là-bas. Vers ce nulle part devenu toutefois un lieu. Parcourir. Mettre le cap sur les lointains. Un pas devant l'autre et l'abîme au bout. Pour chercher à vérifier si l'univers, tout comme l'amour, se termine un beau jour.

(*Le Kansas et l'Arkansas*, 2015. Nouvelle publiée en première version in *Boxer dans le vide,* Souffle court, 2017 ; et in *Douleur fantôme*, Hispaniola Littératures/BoD, 2021).

Avec le soutien de Rose Evans, Olivier Millet (*Hispaniola Littératures*) / Ludmilla de Monfreid et Zoé Agbodrafo (*Totemik CrowFox*) / **Merci** à Karl Bilke, Fiona Dumaine, Pascal Parmentier, Geneviève Arnoux, Paulette Arnoux ; Marie Doré, Julia Woolf et Sébastien Breton (*Lapin à Métaux*) ; Astrid Laramie, Olivier Bastille de Gouges et Paul Astapovo (*Fondation Carlota Moonchou*) ; Bob Collodi et Maria Quiroga *(Académie royale des littératures Orélides)* / Amical salut aux participants du Quart d'Heure Littéraire (Mon Club d'écriture) / **Le Kansas et l'Arkansas** / Éditrice : Rose Evans / Illustrations de couverture : Lucas Aubert / Mise en pages : Anastasia Tourgueniev et Zoé Agbodrafo (avec Béthanie Rib) / Dépôt légal mai 2021 / ISBN 9782322251155 / Imprimé en Allemagne / www.bod.fr / www. aubert2molay.vpweb.fr / © Ph.A2M, 2021 © Hispaniola Littératures, 2021 /

www. aubert2molay.vpweb.fr

du même auteur chez Hispaniola Littératures,
disponible en librairie et sur le site BoD

Collection L'Inimaginée
(Littérature de l'imaginaire)
-PETIT TRAITE DE SORCELLERIE ET D'ECOLOGIE RADICALE DE COMBAT
-DOULEUR FANTÔME

Collection L'imaginable
(Littérature blanche)
-SAPIN PRESIDENT

Collection 1 nouvelle
-TOUTE PETITE FILLE DES DRAGONS
-SUPERETTE
-LA HAUTEUR
-LA MORT DE GREG NEWMAN
-DIX ANS AVANT LA NUIT
-SELON LA LEGENDE
-S'ENFERMER DANS UNE CABANE ET ECRIRE
-EN MARCHE
-LECON DE TENEBRES
-L'HIVER 1877 DE MISS EMILY DICKINSON
- LA ROUSSEUR DU RENARD
-TECHNIQUES DE VOL HUMAIN EN CIEL NOCTURNE
-LA FEE DES GRENIERS
-ROUTE DU GRAND CONTOUR
-LE DOCUMENT BK 31
-FANTÔMES D'ASTREINTE
-BRODERIES ET TRAVAUX D'AIGUILLES
-LA REPUBLIQUE ABSOLUE
-LA BONNE LONGUEUR DE MECHE
-KANSAS ET ARKANSAS

Collection 1 nouvelle